avec les Prix
1868 (Janvier 23)

GALERIE

DE

TABLEAUX

MODERNES

DE M. ***, DE SAINT-PÉTERSBOURG

————— ❧ —————

Me BOUSSATON, COMMISSAIRE-PRISEUR

M. DURAND-RUEL, EXPERT

IMPRIMERIE J. CLAYE
RUE SAINT-BENOIT 7
LABOR
PARIS

CATALOGUE

DES

TABLEAUX

MODERNES

PROVENANT DE

LA GALERIE DE M. ***, DE SAINT-PÉTERSBOURG

DONT LA VENTE AURA LIEU

HOTEL DROUOT, SALLE N° 8

AU PREMIER ÉTAGE

Le Jeudi 23 Janvier 1868

A 2 HEURES 1/2 PRÉCISES

PAR LE MINISTÈRE DE **Me BOUSSATON**, COMMISSAIRE-PRISEUR

RUE LE PELETIER, 7

ASSISTÉ DE **M. DURAND-RUEL**, EXPERT

1, rue de la Paix.

EXPOSITIONS { Particulière, le Mardi 21 Janvier, de 1 à 5 heures.
{ Publique, le Mercredi 22 Janvier, de 1 à 5 heures.

1868

CONDITIONS DE LA VENTE

Elle sera faite au comptant.

Les adjudicataires payeront cinq pour cent en sus des enchères,
applicables aux frais.

DÉSIGNATION

ACHENBACH (ANDRÉ)

1. — Torrent dans un Pays montagneux.

Toile. — H., 85 c. ; l., 1m,10.

BONHEUR (ROSA)

2. — Berger conduisant un troupeau de moutons.

Toile. — H., 75 c.; l., 1m,02.

3. — Chèvres dans une prairie.

Toile. — H., 31 c.; l., 40 c.

BRASCASSAT & COIGNET (J.)

4. — Paysage et Animaux.

Toile. — H., 68 c.; l., 1^m,05.

BRASCASSAT & COIGNARD

5. — Troupeau de bœufs sous bois.

Toile. — H., 53 c.; l., 1^m,10.

BÉRANGER

6. — La Curieuse.

Bois. — H., 38 c.; l., 28 c.

CABAT

7. — La Passerelle; souvenir du Berri.

Toile. — H., 40 c.; l., 60 c.

CALAME

8. — Lac et Rochers au bord d'une forêt.

Toile. — H., 1^m,09; l., 1^m,50.

9. — Lisière de Forêt avec soleil couchant; Environs de Genève.

Toile. — H., 60 c.; l., 80 c.

10. — Vue de Suisse.

Bois. — H., 15 c.; l., 19 c.

11. — Torrent en Suisse.

Toile. — H., 55 c.; l., 44 c.

CHAPLIN

12. — Jeune Fille dessinant.

Toile. — H., 27 c.; l., 22 c.

13. — Les Petits Gourmands.

Toile. — H., 29 c.; l., 25 c.

COMTE (J.-C.)

14. — Les Conseils de la Grand'mère.

Bois. — H., 40 c.; l., 32 c.

COMPTE-CALIX

15. — A l'Abri de l'orage.

Toile. — H., 49 c.; l., 80 c.

DIAZ

16. — Une Odalisque.

Bois. — H., 38 c.; l., 24 c.

DUPRÉ (J.)

17. — Paysage avec animaux.

Bois. — H., 30 c.; l., 55 c.

DEMARNE

18. — Fête villageoise.

Bois. — H., 34 c. ; l., 49 c.

FROMENTIN

19. — Village en Afrique.

Toile. — H., 65 c. ; l., 45 c.

20. — Mosquée aux environs d'Alger.

Toile. — H., 28 c. ; l., 21 c.

GALLAIT (LOUIS)

21. — La Famille du Prisonnier.

Toile. — H., 1^m,19 ; l. 93 c.

GALLAIT (LOUIS)

3, 200. **22.** — Tête de Vieillard.

Toile. — H., 58 c.; l., 48 c., ovale.

GALLAIT & JONES

3,100 **23.** — Berger ramenant son troupeau.

Toile. — H., 84 c.; l., 1ᵐ,10.

HEILBUTH

900 **24.** — La Réponse difficile.

Bois. — H., 46 c.; l., 37 c.

ISABEY

600 **25.** — Retour de la Pêche.

Bois. — H., 24 c.; l., 37 c.

ISABEY

26. — Entrée d'un Port en Normandie.

Toile. — H., 36 c.; l., 50 c.

JACQUE

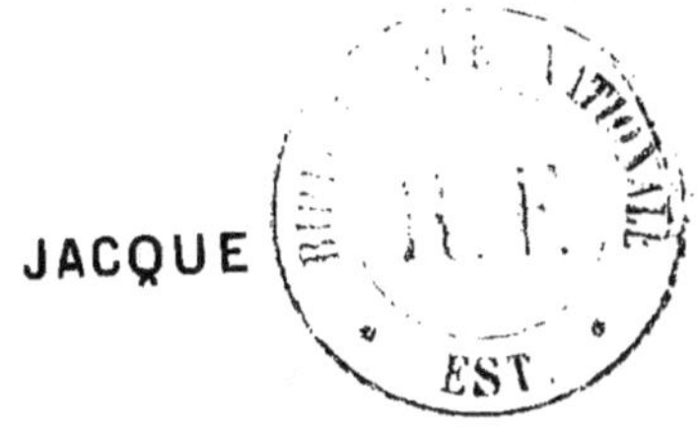

27. — Troupeau sortant de la bergerie.

Bois. — H., 25 c.; l., 39 c.

KOECKKOEK (B.-C.)

28. — L'Hiver.

Bois. — H., 34 c.; l., 45 c.

29. — Paysage montagneux avec torrent et pêcheurs.

Toile. — H., 58 c.; l., 70 c.

KOECKKOEK (B.-C.)

30. — Le Ruisseau dans la forêt.

Bois. — H., 59 c.; l., 76 c.

31. — Lisière de forêt avec figures et animaux.

Toile. — H., 68 c.; l., 91 c.

KEYSER (DE)

32. — Héloïse et Abailard.

Bois. — H., 85 c.; l., 65 c.

LIES

33. — L'Approche de l'ennemi.

H., 90 c.; l., 1m,25.

LEYS (H.)

34. — Un Gentilhomme chez son armurier.

Bois. — H., 23 c.; l., 28

LEYS (H.)

35. — Fêtes données à Anvers en l'honneur de Rubens.

Bois. — H., 1ᵐ,06; l., 1ᵐ,46.

LANDELLE

36. — Tête de Femme.

Toile. — H., 48 c.; l., 40 c.; ovale.

MARILHAT

37. — Vue d'Auvergne.

Toile. — H., 1ᵐ,15; l., 80 c.

MEISSONIER

38. — Les Cavaliers.

Bois. — H., 8 c.; l., 12 c.

MERLE (HUGUES)

39. — Berger gardant son troupeau.

Toile. — H., 25 c.; l., 40 c.

PORTAELS

40. — La Jeune Bohémienne.

Toile. — H., 81 c.; l., 60 c.

PETENKOFFEN

41. — Le Rendez-vous.

Toile. — H., 28 c.; l., 48 c.

PILS

42. — Artilleur à cheval.

Toile. — H., 59 c.; l., 48 c.

ROUSSEAU (TH.)

43. — Soleil couchant dans la forêt.

Bois. — H., 24 c.; l., 33 c.

TEN-KATE (H.)

44. — Brigands chez un Marchand juif.

Bois. — H., 47 c.; l., 68 c.

TROYON

45. — Le Retour de la foire aux bestiaux.

Toile. — H., 80 c.; l., 1m,08.

46. — Paysage avec troupeau traversant un ruisseau.

Toile. — H., 76 c.; l., 1m,02.

47. — Le Ruisseau.

Toile. — H., 65 c.; l., 54 c.

VERBOECKHOVEN

48. — Brebis debout près de ses agneaux.

Toile. — H., 1^m,20 ; L., 1^m,60.

49. — Moutons et Poules ; Intérieur d'écurie.

Bois. — H., 58 c.; L., 75 c.

50. — Moutons couchés dans un coin d'écurie ; pendant du précédent.

H., 58 c.; L., 75 c.

51. — Animaux buvant dans une mare.

Bois. — H., 31 c.; L., 40 c.

52. — La Rentrée du troupeau.

Bois. — H., 34 c.; L., 29 c.

VERBOECKHOVEN

53. — Berger, Taureau et Mouton.

Bois. — H., 28 c.; l., 36 c.

54. — Brebis et Agneau.

Bois. — H., 15 c.; l., 20 c.

55. — Cheval blanc au repos.

Bois. — H., 14 c.; l., 20 c.

56. — Bergère gardant ses moutons.

Bois. — H., 30 c.; l., 21 c.

WINTERHALTER

57. — Jeune Fille tenant des fleurs.

Toile. — H., 55 c.; l., 45 c.

WILLEMS

58. — La Toilette.

Bois. — H., 55 c.; l., 45 c.

59. — Jeune Fille tenant des fleurs.

Bois. — H., 21 c.; l., 17 c.

ZIEM

60. -- Vue de Venise.

Toilé. — H., 82 c.; l., 1ᵐ,17.

PARIS. — J. CLAYE, IMPRIMEUR, RUE SAINT-BENOIT, 7.